LA CASA DEL ÁR...

D0439836

La hora de los Juegos Olímpicos

Mary Pope Osborne
Ilustrado por Sal Murdocca
Traducido por Marcela Brovelli

LECTORUM
PUBLICATIONS INC

Para Chase Goddard, a quien le encanta leer.

LA HORA DE LOS JUEGOS OLÍMPICOS

Spanish translation copyright © 2007 by Lectorum Publications, Inc.
Originally published in English under the title
HOUR OF THE OLYMPICS
Text copyright © 1998 by Mary Pope Osborne
Illustrations copyright © 1998 by Sal Murdocca

This translation published by arrangement with Random House Children's Books,
a division of Random House, Inc.

MAGIC TREE HOUSE ®
is a registered trademark of Mary Pope Osborne; used under license.

ISBN-13: 978-1-933032-22-1
ISBN-10: 1-933032-22-7

Printed in the U.S.A.

10 9 8 7 6

Library of Congress Cataloging in Publication data is available.

ÍNDICE

1

¿Será la última?

—¿Estás despierto? —la voz de Annie se oyó en el pasillo a oscuras.

—Sí —respondió Jack desde la cama.

—¡Levántate! —dijo Annie—. Tenemos que llegar a la casa del árbol antes del amanecer.

—Ya estoy listo —contestó Jack.

Hizo a un lado la manta y, de un salto, se puso de pie. Ya tenía puesto los pantalones vaqueros y la camiseta.

—¿Dormiste vestido? —preguntó Annie.

—No quería perder tiempo —respondió Jack, mientras se colgaba la mochila al hombro.

Annie se rió.

—Debes de estar ansioso por ir a la antigua Grecia, ¿verdad? —preguntó.

—Así es —afirmó Jack.

—¿Tienes tu tarjeta mágica de bibliotecario? —preguntó Annie.

—Sí. ¿Tú tienes la tuya? —preguntó Jack.

—¡Por supuesto! Toma, ponla en la mochila —dijo Annie, y le entregó la tarjeta a su hermano—. Yo me encargaré de llevar la linterna.

—Muy bien. Todo está listo —comentó Jack.

Ambos bajaron por la escalera en puntas de pie y atravesaron la puerta de entrada.

Afuera, el aire se sentía fresco y liviano.

—No hay luna esta noche, sólo estrellas —dijo Annie.

Encendió la linterna.

—¡En marcha! —exclamó.

Annie y su hermano avanzaron por el jardín de la entrada y caminaron calle arriba.

Jack estaba hechizado con la idea de visitar la antigua Grecia. Sin embargo, había algo que le preocupaba.

—Me pregunto qué sucederá después. ¿Tú crees que ésta será nuestra última misión? —preguntó Jack.

—¡Oh, espero que no! ¿Tú qué piensas? —agregó Annie.

—No lo sé. Habrá que preguntarle a Morgana —dijo Jack.

—¡Debemos apurarnos! —dijo Annie.

Ambos corrieron detrás del resplandor de la linterna.

Al llegar al bosque de Frog Creek aminoraron la marcha. La frondosa vegetación se veía como un negro telón gigante.

Annie alzó la linterna y, junto con su

hermano, caminó lentamente entre los árboles. Hasta que, por fin, hallaron la casa del árbol.

—¡Ya estamos aquí! —dijo Annie en voz alta.

—¡Vamos, sube! —sugirió Jack.

Annie se agarró de la escalera de soga y comenzó a subir. Jack la seguía un poco más atrás.

Luego, Annie alumbró la casa del árbol con la linterna. Morgana le Fay estaba sentada en la ventana.

—¡Apaga esa linterna, por favor, Annie! —suplicó la dama con voz suave, al tiempo que se cubría el rostro con las manos.

Annie obedeció al instante.

—¡Bienvenidos! —exclamó Morgana en medio de la oscuridad—. ¿Están listos para su próxima misión?

¡Sí! —afirmó Annie. Luego, su voz se suavizó un poco—: Ésta no será nuestra última misión, ¿verdad? —preguntó.

—Pregúntenmelo *después* de que regresen —afirmó Morgana.

—Mi hermana y yo queremos continuar —comentó Jack.

—Eres muy valiente al decir eso. De hecho, ya han cumplido tres misiones muy peligrosas como Maestros Bibliotecarios —dijo Morgana.

—Creo que no han sido tan difíciles —afirmó Jack.

—Arriesgaron su vida al tratar de recuperar el relato perdido de Hércules —comentó Morgana.

—¡Oh, eso no fue nada! —agregó Annie.

—Y el relato chino de la tejedora —dijo Morgana—. Y el relato irlandés de Sarph, la serpiente marina. ¡Muchas gracias, niños!

—De nada, Morgana —exclamaron Annie y Jack a la vez.

—Ahora… para el último relato… —agregó Morgana.

Jack oyó un crujido suave.

—Aquí tienen el título —dijo Morgana—. Puedes encender la linterna, Annie.

ΠΙΓΑΣΟΣ

—¡Guau! ¿Está escrito en griego? —preguntó Jack.

—Así es —dijo Morgana.

Y de entre los pliegues de la túnica sacó un libro.

—Este texto les servirá para la investigación —explicó.

Jack tomó el libro. Annie alumbró la tapa con la linterna. El título era *Un día en la antigua Grecia*.

—Bien. ¿Qué es lo que no deben olvidar? —preguntó Morgana.

—Que este libro nos servirá de guía —respondió Jack.

—Pero en el momento crítico sólo el relato extraviado nos podrá salvar —agregó Annie.

Morgana asintió con la cabeza.

—Y recuerden que tienen que mostrar las tarjetas mágicas a la persona más sabia que encuentren —agregó.

—No te preocupes. Así lo haremos —respondió Annie—. ¡Adiós!

Jack tembló de emoción al señalar la tapa del libro.

—Queremos ir a este lugar —exclamó con firmeza.

—¡Y ojalá podamos continuar con otras misiones! —agregó Annie.

De pronto, el viento comenzó a soplar.

La casa del árbol comenzó a girar.

Más y más rápido cada vez.

Después, todo quedó en silencio.

Un silencio absoluto.

2

¿Hay alguna niña por aquí?

Jack abrió los ojos. Un cálido rayo de sol se coló por la ventana.

—Aquí no vamos a necesitar la linterna —dijo.

—Mira, Morgana nos ha dado ropa parecida a la que usamos en Pompeya —agregó Annie.

Jack observó su vestimenta.

También era *similar* a la que había usado en la ciudad romana de Pompeya: una túnica y un par de sandalias. Y, en vez de una mochila, ahora llevaba una bolsa de cuero.

Annie miró por la ventana.

—¡Hemos aterrizado en un olivo, igual que en la ciudad de Pompeya! —dijo Annie.

Cuando Jack se asomó a la ventana, se quedó sin habla.

—¿Estamos en el sitio equivocado? —preguntó.

—No lo sé —respondió Annie—. Mira, ¿eso que se ve donde termina el olivar no es una feria? —preguntó.

Jack miró en esa dirección. Su hermana tenía razón. Más allá de los olivos se veía un campo lleno de tiendas blancas. Y más a lo lejos, construcciones hechas de ladrillo y con columnas. Se veía mucha gente.

—¿Qué pasará? —preguntó Jack.

Sacó el libro de la bolsa de cuero. Encontró un dibujo parecido a la escena que se veía desde la ventana. Más abajo, ponía:

Los Juegos Olímpicos comenzaron en la antigua Grecia hace más de 2.500 años. Cada cuatro años, más de 40.000 personas se trasladaban hasta Olimpia, la ciudad donde se llevaban a cabo los juegos.

—¡Oh, cielos! —susurró Jack—. ¡Estamos en las antiguas celebraciones de los Juegos Olímpicos!

—¡Genial! —exclamó Annie.

Sin perder tiempo, Jack anotó en el cuaderno:

Olimpia —
Celebración de los primeros Juegos Olímpicos

—¡Vamos a mirar! —sugirió Annie mientras se dirigía hacia la escalera de soga.

De inmediato, Jack guardó el cuaderno y el libro guía dentro de la bolsa.

—No te olvides de que tenemos que encontrar el relato para Morgana —comentó mientras caminaba detrás de su hermana.

Annie esperó a que su hermano pisara suelo griego. Juntos, atravesaron el olivar en dirección a las tiendas.

De pronto, Jack oyó música de flauta y sintió olor a comida asada. No muy lejos de ellos, un grupo de hombres conversaba animadamente.

—¡Qué extraño! ¡No se ve a ninguna niña por aquí! —comentó Annie.

—¡Oh, por supuesto que hay niñas! —agregó Jack.

—¿Sí? ¿Dónde? —preguntó Annie.

Jack miró a su alrededor. Pero sólo se veían hombres y niños. No había ni mujeres ni niñas.

Luego vio una especie de teatro al aire libre. Sobre el escenario había una mujer. Tenía el cabello de color dorado y llevaba puesta una túnica de color violeta.

—¡Allí! —exclamó Jack, señalando hacia lo lejos.

—¿Qué hace esa mujer? —preguntó Annie.

Sobre el escenario, también se veía un soldado. Llevaba puesta una larga capa. Y un yelmo con una cresta roja, que le cubría casi todo el rostro.

La mujer y el soldado hablaban en voz alta y, a su vez, movían los brazos enérgicamente.

—Creo que están representado una obra de
teatro —comentó Jack—. Voy a investigar un poco.

Sacó el libro de la antigua Grecia y buscó un
dibujo con la escena del anfiteatro.

—¡Escucha, Annie! —dijo. Y comenzó a leer
en voz alta:

Los griegos fueron los primeros en escribir obras de teatro. De hecho, muchas palabras en español usadas en el mundo del teatro deben su origen a dicha civilización, por ejemplo, *drama, escenario* y *coro.* En la actualidad, todavía se representan muchas obras griegas.

—Oye, Jack —dijo Annie—. Creo que estás equivocado.

Cuando Jack alzó la vista, notó que la mujer se había quitado la peluca que llevaba puesta. ¡Era un chico disfrazado de mujer!

—¿Lo ves, Jack?, incluso *ella* es un chico —insistió Annie—. ¡Qué extraño es todo esto!

—Mmmm… —murmuró Jack. Y continuó leyendo:

Los actores solían representar varios personajes de una misma obra. Debido a que a las mujeres no se les permitía participar en la actuación, los papeles femeninos eran interpretados por hombres.

14

—¡Eso no es justo! —se quejó Annie—. ¿Y si una mujer *quería* actuar en una obra?

—No te preocupes por eso —dijo Jack, dejando el libro de lado—. Vamos a echar un vistazo a las olimpiadas y a buscar el relato.

Jack le hizo una seña a su hermana para que lo siguiera.

Pero, justo en ese instante, se oyó una voz.

—¡Esperen!

Annie y Jack se dieron la vuelta. Un hombre de barba blanca se dirigía hacia ellos.

—Hola —dijo, mirando fijamente a Annie—. ¿Tú quién eres? —le preguntó.

—Primero dime *tú* quién eres —respondió Annie con firmeza.

3

El poeta secreto

El hombre de barba le sonrió a Annie.

—Mi nombre es Platón —dijo.

—¿Platón? —preguntó Jack. Aquel nombre le resultaba familiar.

—Es posible que hayas oído hablar de mí. Soy filósofo —explicó el hombre.

—¿Y eso qué quiere decir? —preguntó Annie.

—Soy amante de la sabiduría —explicó Platón.

—¡Guau! —exclamó Annie.

Platón volvió a mirar a la hermana de Jack con una sonrisa.

—Es muy extraño ver a una niña caminar con tanta valentía por las calles de Olimpia —dijo—. Tú debes de ser de una tierra muy lejana.

—Somos Annie y Jack, venimos de Frog Creek, Pensilvania. Y, tienes razón, nuestro hogar queda *muy* lejos de aquí.

Platón parecía confundido.

—Dijo que es amante de la sabiduría. Creo que deberíamos mostrarle nuestras tarjetas secretas —sugirió Annie, en voz muy baja, mirando a su hermano.

Jack asintió con la cabeza. Extrajo las tarjetas secretas de la bolsa y se las entregó a Platón.

Las letras *M* y *B*, alusivas a Maestros Bibliotecarios resplandecieron de repente.

—¡Asombroso! —exclamó Platón—. Jamás había conocido a dos Maestros Bibliotecarios tan jóvenes como ustedes. ¿Cuál es el motivo de su visita?

Jack sacó el trozo de papel que le había dado Morgana.

—Estamos buscando este libro —explicó.

ΠΙΓΑΣΟΣ

—Oh, sí —afirmó Platón suavemente—. Este relato fue escrito por un poeta brillante, un amigo mío.

—¿Usted sabe dónde vive? —preguntó Jack.

—Muy cerca de aquí —respondió Platón.

—¿Podría llevarnos? —preguntó Annie.

—Sí, pero tienen que prometerme que no desvelarán la identidad del poeta. Es un secreto —afirmó el filósofo.

—Prometido —susurró Annie.

Guiados por Platón, Annie y Jack se alejaron del anfiteatro.

Luego, los tres bajaron por un camino polvoriento, lleno de gente que se dirigía a ver los juegos.

Platón se detuvo en la puerta de una casa de color arena, con techo de ladrillo.

El filósofo abrió la puerta e hizo pasar a Annie y a su hermano a un patio vacío: —Esperen aquí —dijo, y entró por una puerta que daba a un pasadizo.

Annie y Jack echaron un vistazo a su alrededor.

Todas las habitaciones daban al soleado patio. Todo estaba en silencio.

—La gente que vive aquí debe de haber ido a ver los juegos —comentó Annie.

—Creo que tienes razón —agregó Jack.

Sacó el libro de la antigua Grecia y buscó un dibujo de la casa. Luego, leyó en voz alta:

Los hombres y las mujeres vivían en diferentes partes de una misma casa. Las mujeres pasaban la mayor parte del tiempo tejiendo y en los quehaceres de la cocina. A la edad de siete años, los varones iban a la escuela. A las niñas no se les permitía ir a la escuela.

—¡¿Las niñas no pueden ir a la escuela?! —se quejó Annie—. ¿Y cómo hacen para aprender a leer y a escribir?

En ese instante, regresó Platón. Lo acompañaba una mujer joven, vestida con una larga túnica adornada con un ribete multicolor. En la mano, la joven llevaba un rollo de papiro.

Annie la miró con una sonrisa triunfal.

—¡*Por fin, una mujer!* —exclamó.

—Jack, Annie, les presento al poeta secreto —dijo Platón.

4

¡No es justo!

Con la mirada sobre Annie y Jack, la joven mujer les regaló una sonrisa.

—¿Cómo aprendiste a leer y a escribir? —preguntó Annie.

—Aprendí sola —explicó la mujer.

—Ella escribió un poema y me lo enseñó. Yo ya he expresado mi opinión, tanto verbalmente como por escrito, de que las niñas griegas *deben* ir a la escuela —afirmó Platón.

—¿Es ése el poema? —preguntó Jack, señalando el rollo de papiro que traía la joven.

—¡Sí! —confirmó ella.

—Es un maravilloso relato —aclaró Platón—. Pero su autora tendrá serios problemas si el poema se da a conocer aquí. Ustedes deben llevarlo a su país. Allí estará a salvo.

La joven poetisa le entregó el rollo a Jack y él lo guardó en la bolsa.

—Dinos tu nombre —dijo Annie—. Así le podremos contar a la gente quién escribió el poema.

La joven negó con la cabeza.

—No puedo —dijo, y cuando vio la expresión triste de Annie, agregó —pueden decir que fue escrito por Anónimo.

—¿*Ése* es tu nombre? —preguntó Annie.

—No. *Anónimo* quiere decir que nadie sabe el nombre verdadero del autor —explicó Platón.

—¡Pero eso no es cierto! —afirmó Annie.

—Me temo que sería un riesgo muy grande —agregó Platón.

Annie volvió a mirar a la mujer.

—Lo siento —exclamó Annie—. ¡Esto no es justo! ¡En absoluto!

La joven poetisa sonrió.

—Me alegra saber que llevarán mi poema a su país. Tal vez, algún día todas las mujeres puedan escribir libros al igual que los hombres.

—¡Lo harán! —repuso Jack—. ¡Te lo prometo!

La joven miró a Jack con ojos incrédulos.

—¡Es verdad! —replicó la hermana de Jack.

—Muchas gracias, Annie —agregó la mujer—. Y, gracias a ti también, Jack. Y se retiró del patio.

—¡Espera! —exclamó Annie.

Salió corriendo en dirección a la joven. Sin embargo, Platón la detuvo.

—¡Ven aquí, Annie! —dijo—. Pronto comenzarán los juegos.

El filósofo condujo a Annie y a Jack hacia el exterior de la casa y, juntos, retomaron el camino de tierra.

—¡Las niñas no pueden escribir! ¡No les permiten ir a la escuela! ¡No pueden participar en las obras de teatro! —se quejó Annie—. Ya me cansé de la antigua Grecia, quiero irme a casa —agregó.

—¡Espera! —dijo Jack—. ¿Y los Juegos Olímpicos?

—Ah, sí. Ya casi me había olvidado —comentó Annie, con un brillo intenso en los ojos.

—Bueno —dijo Platón—. Me agradaría mucho llevarlos a los juegos. Tengo asientos especiales. Aunque.... —Y miró a Annie por un momento.

—Sí, ya lo sé —comentó ella—. Las niñas no pueden asistir a los juegos.

Platón sacudió la cabeza.

—Si una niña asistiera a los juegos tendría serios problemas —explicó.

—¡No es *justo*! —resopló Annie.

—Lo lamento —replicó Platón—. Mi país es democrático. Creemos en la libertad de los ciudadanos. Pero me temo que por ahora, sólo se aplica a los hombres.

—Annie tiene razón. Esto es muy injusto —agregó Jack—. Creo que deberíamos regresar a casa ahora mismo.

—No, Jack. Ve *tú* solo —dijo Annie—. Después me contarás lo que viste. No te olvides de tomar apuntes.

—¿Y tú qué harás? —preguntó Jack.

—Volveré al anfiteatro. Ven a buscarme allí cuando termines —dijo Annie.

Jack no quería dejar a su hermana sola. Pero tampoco quería perderse los juegos.

—¡Anda! ¡Diviértete! —dijo Annie. Y comenzó a alejarse lentamente—: Te veré más tarde. ¡Adiós, Platón!

—¡Adiós, Annie! —agregó el filósofo.

Annie se volvió hacia su hermano y lo saludó desde lejos.

—¡Luego te contaré todo! —gritó Jack.

—Por aquí, Jack —dijo Platón.

Y ambos se unieron a la multitud, que marchaba hacia el campo olímpico.

5

¡Hola, Zeus!

—Hoy es el primer día de los Juegos Olímpicos —comentó Platón—. Veremos la competencia de cuadrigas.

—¡Estupendo! —exclamó Jack.

Le costaba creer que sería testigo de una carrera de carros griegos. En los juegos actuales ya no existían.

Platón y Jack avanzaron hacia la pista de carreras.

—Ése es el gimnasio —comentó el filósofo, señalando una enorme construcción cercana—.

Ahí se entrenan los atletas para las carreras y el lanzamiento del disco y la jabalina.

—En nuestra escuela de Frog Creek también tenemos un gimnasio —dijo Jack.

—Todo el mundo imita a los griegos —agregó Platón.

—Espera —dijo Jack—. Debo tomar notas para mi hermana.

Sacó el cuaderno de la bolsa:

Los antiguos griegos inventaron los gimnasios

—Muy bien, ya podemos ir —agregó Jack colocándose el cuaderno debajo del brazo.

Mientras caminaban, Platón señaló un árbol cercano muy bonito.

—El olivo es nuestro árbol sagrado. Las coronas de los ganadores se hacen con las ramas del olivo.

—¡Ahhh! —exclamó Jack abriendo el cuaderno una vez más.

Olivo, árbol sagrado

Luego, ambos pasaron junto a la hermosa estatua de una mujer alada.

—¿Quién es? —preguntó Jack.

—Es Niké, la diosa de la victoria —explicó Platón.

Jack anotó rápidamente:

Niké, diosa de la victoria

—La diosa Niké es importante para el espíritu de los juegos —agregó Platón—. Pero el dios olímpico más importante está ahí dentro.

Platón condujo a Jack hacia una construcción hecha de ladrillo, con enormes columnas. Cuando ambos se pararon en la entrada del templo, Jack se quedó sin palabras.

Ante ellos estaba la estatua más grande e imponente que Jack hubiera visto jamás.

La colosal figura de un hombre con barba, sentado en un trono, tenía la altura de una casa de dos plantas.

—Éste es el templo de Zeus; ésa es su estatua —dijo Platón—. Los Juegos Olímpicos se celebran en su honor. De todos los dioses griegos, él es el más importante.

—¡Guauuu! —susurró Jack.

—Ayer, todos los atletas visitaron el templo para jurar ante Zeus que se habían entrenado durante diez meses, y para prometer cumplir con las reglas de las competencias.

La estatua del majestuoso dios griego parecía mirar a Jack.

De pronto, Jack se sintió más pequeño todavía.

—¡Hola, Zeus! —dijo, en voz muy baja.

De repente, desde afuera se oyó el sonido de varias trompetas.

—Ha llegado la hora —afirmó Platón—. Debemos apurarnos. ¡El desfile de apertura está a punto de comenzar!

6

El hombre misterioso

Rápidamente, Jack y Platón dejaron atrás la muchedumbre amontonada a ambos lados de la pista de carreras. Todo el mundo gritaba y vitoreaba a la vez.

—Tengo asientos cerca del jurado —comentó Platón, señalando en dirección a un estrado con varias hileras de bancos.

El filósofo condujo a Jack a través de la multitud, hacia sus asientos.

—Muchas gracias —dijo Jack.

Desde allí tenía una gran vista panorámica.

El desfile olímpico ya había comenzado. Estaba encabezado por músicos que tocaban la flauta. Detrás de ellos marchaban los atletas olímpicos, los mejores de toda Grecia.

Jack suspiró al ver el desfile avanzando por la pista olímpica. *"A Annie le hubiera encantado ver esto"*, pensó.

—Los atletas que están delante participan en las carreras pedestres —explicó Platón—. Estas carreras son las más antiguas de los Juegos Olímpicos.

Jack anotó en el cuaderno:

la competencia más antigua es
la carrera pedestre

—Detrás de los atletas están los boxeadores. Si te fijas, notarás que llevan puestos unos guantes especiales y yelmos de bronce —comentó Platón.

Jack escribió:

los boxeadores llevan guantes y yelmos

—Detrás de los boxeadores verás a los luchadores —agregó Platón.

Jack escribió:

luchadores

Al alzar la vista, Jack se dio cuenta de que un soldado lo miraba fijamente desde uno de los costados de la pista olímpica.

El soldado llevaba puesta la misma vestimenta que el actor que Jack había visto en el anfiteatro: una larga capa y un yelmo con un cresta colorada que le cubría casi todo el rostro.

Sin embargo, Jack observó algo raro. El soldado era muy pequeño de estatura.

—Aquí vienen los lanzadores de disco y de jabalina —dijo Platón—. Y atrás vienen los hombres con armaduras.

—¿Ellos qué hacen? —preguntó Jack.

—Corren con sus armaduras puestas —explicó Platón.

Jack sonrió para sí. Sabía que su hermana se reiría de eso.

Tenía que anotarlo:

algunos corren con la armadura puesta

Cuando terminó de escribir, Jack se volvió a mirar al soldado de estatura baja.

—En un momento comenzará la carrera de cuadrigas. Obtener la victoria en esta competencia es el honor más grande de los Juegos Olímpicos —dijo Platón.

Jack asintió con la cabeza, todavía observando al soldado que, a su vez, parecía mirarlo a él.

De pronto, por debajo de la larga capa, el soldado extendió la mano, también muy pequeña, y lo saludó.

Jack se quedó boquiabierto. ¡Era la mano de su hermana!

Annie era el pequeño soldado.

7

¡Vamos, más rápido!

Aterrado, Jack clavó la mirada en su hermana. ¡Annie debió de haber tomado prestado el traje en el anfiteatro!

De pronto, Jack recordó las palabras de Platón: *"Cualquier niña tendría serios problemas si tratara de asistir a los Juegos Olímpicos"*.

Jack le hizo una seña a su hermana tratando de alertarla, como si quisiera decirle: *"¡Aléjate de aquí!"*.

Por respuesta, Annie se limitó a saludarlo nuevamente.

Jack continuó haciéndole señas a Annie, ahora con el puño cerrado.

Como si nada pasara, Annie se dio la vuelta para ver la carrera.

—¡No es una broma! —gritó Jack.

Al oír a Jack, Platón se volvió hacia él.

—¡Por supuesto que no es una broma! —repuso el filósofo—. Los griegos tomamos muy en serio los Juegos Olímpicos.

Jack sintió que le hervía el rostro. Consternado, volvió a mirar a su hermana.

En ese instante, se oyó el sonido de las trompetas.

—Las cuadrigas están tomando sus puestos —comentó Platón.

Jack contempló la hilera de carros griegos, colocados detrás de la línea de partida. Cada uno de ellos era tirado por cuatro caballos.

Con desesperación, Jack lanzó otra mirada en dirección a su hermana que, a su vez, lo miraba señalándole las cuadrigas.

Las trompetas volvieron a sonar.

Tras la señal de partida, los caballos arremetieron veloces como flechas.

Enloquecida, la multitud comenzó a gritar y a vitorear a los favoritos.

Una nube de polvo se elevó por encima de las cuadrigas, que avanzaban a toda velocidad.

Annie se dio la vuelta para observar la carrera, saltando sin parar, al grito de *"¡Vamos, más rápido!"*.

De repente, un grupo de hombres fijó la vista en el pequeño soldado con voz aguda.

Jack ya no pudo aguantar más. ¡Tenía que sacar a su hermana de allí antes de que fuera demasiado tarde!

De inmediato, guardó el cuaderno dentro de la bolsa y le dijo a Platón:

—¡Debo marcharme!

Platón lo miró sorprendido.

—¡Lo he pasado de maravilla! Pero debo irme ahora a casa. ¡Gracias por todo! —dijo.

—¡Buen viaje! —dijo Platón.

Cuando miró en dirección a su hermana, vio cómo ella se quitaba el yelmo.

De pronto, la capa se le cayó al suelo.

Annie estaba demasiado entusiasmada con la competencia como para notar lo que ocurría a su alrededor.

Jack avanzó tan rápido como pudo.

Pero dos corpulentos guardias agarraron a Annie primero.

8

¡Salva a Annie!

Los guardias trataron de arrastrar a Annie lejos de la pista de carreras.

Al principio, ella parecía sorprendida. Pero luego la invadió la furia.

—¡Suéltenme! —gritó.

Jack bajó los escalones a la velocidad de un rayo.

Los guardias casi no podían controlar a Annie, a quien trataban de alejar de ese lugar.

—¡Déjenla en paz! —gritó Jack, con todas sus fuerzas.

Sin embargo, su voz se perdió en medio de la algarabía de la multitud.

—¡Suéltenla! ¡Dejen a mi hermana! —volvió a gritar.

Finalmente, Jack logró acercarse a Annie. Trató de ayudarla pero uno de los guardias le cerró el paso.

—¡Suéltenla! ¡Les prometo que la llevaré a casa! —suplicó.

En ese momento, llegaron más guardias. Y muchos hombres comenzaron a gritar:

—¡Arréstenla! ¡Arréstenla!.

Los guardias arrastraron a Annie por la fuerza.

—¡Jack! ¡El poema! —gritó ella.

"¡Por supuesto!", pensó Jack. *"El poema de nuestra amiga"*. *"¡Nuestra hora más crítica ha llegado!"*.

Jack sacó el rollo de papel de la bolsa.

Y sin perder tiempo apuntó hacia el cielo con el poema en la mano.

—¡Salva a Annie! —gritó.

Sin embargo, la voz de Jack una vez más quedó opacada por el galope desenfrenado de los caballos y el bullicio de la gente.

Desesperado, miró a su alrededor en busca de una señal de ayuda.

Luego, de pronto, el gentío hizo silencio.

Todas las cabezas se volvieron a la vez para observar un enorme caballo blanco que emergió de la polvareda.

El susurro repentino y el asombro de la multitud creció de golpe.

El caballo blanco, que tiraba de un carro vacío, era el animal más hermoso que Jack jamás había visto.

Y galopaba directamente hacia él.

9

Volar hacia casa

El caballo blanco se detuvo ante una pequeña pared, al borde de la pista de carreras.

—¡Ha venido por *nosotros*! —dijo Annie en voz alta.

Asombrados, los guardias se quedaron mirando el caballo.

De pronto, Annie logró librarse de los guardias y corrió hacia Jack.

Jack la tomó rápidamente de la mano y ambos corrieron en dirección al caballo.

Los guardias dieron un grito de alerta y corrieron detrás de Annie y de su hermano.

Sin embargo, no llegaron a tiempo.

Annie y Jack saltaron la pequeña pared y subieron al carro que esperaba por ellos.

—¡Andando! —le gritó Annie al enorme caballo blanco.

Al sentir el tirón de las riendas, éste alzó las patas delanteras como si escarbara el aire.

La muchedumbre se alejó de la pared.

Los guardias observaron la escena inmóviles como estatuas.

Jack alzó la mirada hacia Platón. Sonriendo, el filósofo lo saludó desde su sitio.

Luego, el caballo blanco emprendió la marcha.

Jack ni siquiera pudo devolverle el saludo a Platón. Apenas podía mantenerse agarrado del pequeño carro, mientras el caballo avanzaba junto a los corredores olímpicos.

Y, así, trató de soportar el trayecto, con los ojos llenos de arena y polvo, acurrucado sobre el piso de la pequeña cuadriga.

No tenía idea de adónde se dirigían. Aunque, tampoco le importaba demasiado. Era obvio que el caballo blanco tenía control de las riendas.

A su alrededor, Jack podía oír el sonido de las demás cuadrigas en competencia y el bullicio de la gente alentando a los participantes.

Sentía la arena que le azotaba la cara y el carro

que se sacudía y movía con violencia.

De pronto, sintió que una fuerza lo tiraba hacia atrás, como si un viento repentino empujara el carro. Y, luego…

Silencio.

—¡Oh, no puedo creerlo! —gritó Annie.

Cuando Jack abrió los ojos, todo lo que vio fue un cielo de un intenso color azul.

Se acomodó los lentes y miró a su alrededor.

—¡Socorro! —gritó asustado.

Al enorme caballo blanco le habían salido dos gigantescas alas, las cuales agitaba majestuosamente mientras tiraba del pequeño carro griego.

Jack se sostuvo con fuerza al carro, como si de ello dependiera su vida.

—¡A la casa del árbol! —gritó Annie.

Abajo, la multitud guardó silencio, con los ojos fijos en el enorme caballo alado.

Dejando atrás el campo olímpico, el caballo

voló por encima del templo de Zeus, la estatua de Niké, el árbol sagrado de olivo y el gimnasio.

Así, quedó atrás la casa de la poetisa, el anfiteatro griego y el campamento de tiendas blancas.

Finalmente, el caballo aterrizó junto al olivar.

Las ruedas del carro griego rodaron por el césped lentamente hasta que, por fin, se detuvieron.

Annie y Jack se bajaron de un salto. A Jack le temblaban tanto las piernas que casi no podía caminar.

De repente, Annie corrió hacia el caballo y comenzó a acariciarle el cuello.

—Gracias —murmuró.

—Muchas gracias —dijo Jack, también, acariciando el cuello del caballo—. Fue la mejor cabalgata de toda mi vida —agregó.

El caballo resopló y pateó el suelo.

—Vamos, Annie. Tenemos que irnos antes de que nos encuentren —sugirió Jack.

—No quiero dejar a nuestro nuevo amigo —dijo Annie—. Es el caballo más bello del mundo.

Los ojos de Annie se llenaron de lágrimas.

—Tenemos que irnos —replicó Jack.

El caballo bajó la cabeza y, con el hocico, tocó la frente de Annie. Luego, le dio un pequeño empujón, como queriendo acercarla a la casa del árbol.

Annie se secó las lágrimas y se encaminó hacia la casa de madera. Jack la tomó de la mano y, juntos, atravesaron el campo de olivos.

—Sube tú primero —dijo Jack, cuando llegaron a la escalera de soga.

Cuando estuvieron dentro de la casa, Annie corrió hacia la ventana. Y Jack tomó el libro de Pensilvania.

Señaló el dibujo del bosque de Frog Creek y dijo:

—Queremos…

—¡Mira! —dijo Annie de repente.

Jack se asomó a la ventana. El enorme caballo blanco desplegó sus alas y se elevó por encima del campo.

Luego, voló más alto aún, atravesando el cielo olímpico azul.

Finalmente, desapareció entre las nubes.

—¡Adiós! —dijo Annie en voz alta.

Una lágrima rodó por su mejilla.

Jack volvió a posar el dedo sobre el libro de Pensilvania.

—Queremos regresar a este lugar —dijo.

El viento comenzó a soplar.

La casa del árbol comenzó a girar.

Más y más rápido cada vez.

Después, todo quedó en silencio.

Un silencio absoluto.

10

Están todos aquí

Jack abrió los ojos.

Todo estaba tan oscuro que casi no podía ver nada.

Sin embargo, notó que llevaba puesta la camiseta y los pantalones vaqueros. Y ya no tenía una bolsa de cuero. Su vieja mochila colgaba de su hombro.

—¡Hola! —dijo Morgana le Fay. Su voz se oyó desde un rincón de la casa del árbol.

—¡Hola! —respondió Annie.

—¿Tuvieron buen viaje? —preguntó Morgana.

—*Yo* sí —respondió Jack—. Pero las niñas no pueden hacer nada en la antigua Grecia.

—Sí que *hice* algo divertido —agregó Annie, con nostalgia—. Viajé en un carro griego tirado por un caballo volador.

—Eso debe de haber sido maravilloso —dijo Morgana—. Tuvieron mucha suerte al traerme la historia de Pegaso sana y salva.

—¿La historia de quién? —preguntó Jack.

—De Pegaso —repitió Morgana—. Es el gran caballo alado de la mitología griega.

—¡Oh, sí! —respondió Jack—. Creo que he oído hablar de él.

Luego, Jack buscó en su mochila y extrajo el rollo de papiro. Casi a tientas, se lo entregó a Morgana.

—Su autor es Anónimo —explicó Annie.

—Lo sé —respondió Morgana—. Muchas mujeres de talento utilizaban ese nombre en el pasado. La historia de esta mujer en particular será una gran adquisición para la biblioteca de Camelot.

—Platón nos ayudó a encontrarla —comentó Jack.

—Ah, mi buen amigo el filósofo —exclamó Morgana—. Fue uno de los más grandes pensadores de todos los tiempos.

—¡Y Pegaso, el caballo más extraordinario! —suspiró Annie—. Ojalá pudiera volver a verlo.

—Claro que puedes —respondió Morgana—. Aquí está.

—¡¿Pegaso?! —llamó Annie en voz alta.

Y encendió la linterna para bajar por la escalera de soga.

Jack agarró la mochila y siguió a su hermana.

Cuando ambos llegaron al suelo, Annie alumbró la copa de los árboles.

—¿Pegaso? ¿Dónde estás? —llamó en voz alta.

—Apaga la linterna, Annie —dijo Morgana, desde la ventana de la casa del árbol.

Annie obedeció inmediatamente.

—En la oscuridad de la noche se pueden ver *todos* los personajes de los relatos que te salvaron a ti y a tu hermano en las últimas cuatro misiones —explicó Morgana—. Están todos aquí: la tejedora de seda, Hércules, la serpiente marina y Pegaso.

Jack se acomodó los lentes y comenzó a estudiar el bosque con atención.

—¿Dónde están, Morgana? —insistió Annie—. ¿Dónde está Pegaso?

—Pon atención —sugirió Morgana.

—¡No puedo verlo! —se quejó Annie.

—Por supuesto que puedes —afirmó Morgana—. Los viejos relatos siempre nos acompañan. Nunca estamos solos.

"¿Se habrá vuelto loca?", pensó Jack.

—Miren hacia arriba —dijo ella—. Nuestros amigos están en el cielo; son las estrellas.

—¿Ellos son estrellas? —susurró Jack.

Jack contempló el cielo nocturno sembrado de estrellas.

—Hércules es una constelación —explicó Morgana—. Los antiguos romanos veían su figura arrodillada en el cielo, sosteniendo un arco por encima de la cabeza.

Morgana señaló hacia arriba.

Por un instante, Jack detectó el contorno nítido de Hércules formado por las estrellas.

—Y ahí está la tejedora de seda junto a su amado pastor —comentó Morgana—. Los antiguos chinos creían que ellos eran dos estrellas; una ubicada a cada lado de la Vía Láctea.

Morgana alzó la mano una vez más. La adorable tejedora podía verse dibujada en el paraíso nocturno.

—Hace muchos años, los irlandeses creían que la Vía Láctea era una serpiente —dijo Morgana, señalando el gran reptil, que resplandecía en el cielo.

—También los antiguos griegos tenían su constelación; era Pegaso —agregó la misteriosa dama de los libros.

Cuando Morgana alzó la mano nuevamente, la cabeza, las alas y las patas del enorme caballo alado alumbraron el firmamento.

—¡Ahí está! —dijo Annie. —Y, en voz muy baja, susurró—: ¡Te amo, Pegaso!

De pronto, Jack sintió que las estrellas se movían, como si Pegaso cabalgara surcando el cielo nocturno.

Después de un momento de silencio mágico, Morgana bajó el brazo. Una vez más, el cielo volvió a convertirse en un infinito sembrado de estrellas.

—Han hecho un trabajo sensacional como Maestros Bibliotecarios —comentó Morgana—. Les encomendaría cualquier otra misión importante.

—¿Quieres decir que continuarán nuestras aventuras? —preguntó Jack.

—Así es —respondió Morgana—. ¡*Muchas* más!

Jack sonrió aliviado.

—¿Cuándo será nuestra próxima misión? —preguntó Annie.

—Tan pronto como necesite su ayuda mandaré a buscarlos. Ahora vayan a casa y descansen —sugirió Morgana.

—¡Adiós! —dijo Annie.

—¡Adiós! —agregó Jack.

—¡Hasta nuestro próximo encuentro! —respondió Morgana.

Luego, se desató una ráfaga de viento repentina y brilló un potente destello de luz. Morgana le Fay y la casa del árbol desaparecieron en el acto.

La noche era serena.

—¿Vamos a casa? —preguntó Annie.

—Por supuesto —respondió Jack.

Ambos caminaron por entre los árboles, en la intensa oscuridad del bosque.

Jack no podía ver casi nada.

Sin embargo, no le pidió a su hermana que encendiera la linterna. En realidad, no le preocupaba no encontrar el camino de regreso.

Tenía la sensación de que alguien o algo lo guiaba a través de las sombras del negro follaje.

De pronto, las palabras de Morgana volvieron a resonar en la cabeza de Jack: *Los viejos relatos siempre nos acompañan. Nunca estamos solos*.

Una vez más, Jack contempló las estrellas, que ya comenzaban a desvanecerse con los primeros destellos del amanecer.

Sin embargo, desde algún rincón del cielo, aún podía oír el despliegue de unas alas enormes.

MÁS INFORMACIÓN PARA TI Y PARA JACK

Los Juegos Olímpicos

Estos comenzaron en la antigua Grecia, en el año 776 A.C., y continuaron por más de mil años, hasta el año 394 A.D.

Cada cuatro años, los juegos se celebraban en distintas ciudades, en el mes de agosto, durante cinco días. Los juegos actuales han tomado su nombre en honor a una de esas ciudades: Olimpia.

Con el fin de que todos pudieran viajar a los Juegos Olímpicos sin problemas, se suspendían las guerras y las batallas durante dos meses.

La primera celebración de los Juegos Olímpicos de la era moderna fue llevada a cabo en la ciudad de Atenas, Grecia, en el año 1896.

Los antiguos atletas griegos creían que mantener el cuerpo en buen estado físico era una manera de honrar a Zeus, el dios supremo. La estatua de dicho dios situada en la ciudad de Olimpia era una de las siete maravillas del mundo antiguo. Desafortunadamente, la estatua ya no existe.

Idioma griego

🌿 La palabra *anónimo* deriva de una palabra griega cuyo significado es "sin nombre".

🌿 El idioma español tiene muchas palabras de origen griego, especialmente las palabras relacionadas con los deportes. Por ejemplo: *gimnasio, maratón* y *atleta*. También algunas palabras relacionadas con la ciencia: *psicología* y *astronomía*; y con el arte: *drama, teatro* y *escenario*.

🌿 La palabra *museo* también es de origen griego. Hace más de 2.000 años, los griegos construyeron un templo en honor a sus nueve diosas conocidas como *musas*. Por esta razón eligieron la palabra *museo* para dicho templo.

🌿 Algunas letras griegas son parecidas a las nuestras. La letra griega *A* se denomina *alfa*. La letra *B* se denomina *beta*. De estas dos letras proviene la palabra *alfabeto*.

Democracia

Hace unos 2.500 años, los griegos adoptaron el sistema de gobierno conocido con el nombre de *democracia*. Bajo esta forma de gobierno, todos los ciudadanos griegos podían expresar su opinión y tener participación en el gobierno. En aquel entonces, sin embargo, las mujeres y los esclavos no eran considerados ciudadanos.

Platón

Platón, el filósofo, vivió en la antigua Grecia durante el siglo IV A.C. Fundó una escuela llamada la Academia. Y, en sus facetas de maestro y escritor, se dedicó a investigar la manera de gobierno más aconsejable para un pueblo. En la actualidad, sus ideas siguen teniendo vigencia.

Zeus

Para los griegos, este dios fue amo de los cielos y suprema deidad de todos los dioses y diosas de

Grecia. Zeus y su familia eran llamados olímpicos debido a que vivían en la cima del Monte Olimpo. Los dioses y diosas más importantes de Grecia fueron más adelante adoptados por los romanos, quienes dieron a Zeus el nombre de Júpiter.

Pegaso

En la mitología griega, un enorme caballo alado surgió del cuello de una serpiente peluda, llamada Medusa. El caballo era conocido con el nombre de Pegaso, nombre que puede haber tenido su origen a partir de una palabra griega que significa *surgir*. Pegaso fue domado por un joven llamado Belerofonte.

Mito de las estrellas

En tiempos antiguos, los personajes mitológicos de diferentes culturas, en ocasiones, eran identificados con figuras formadas por estrellas. Una vez que un héroe o heroína obtenía su lugar en el paraíso el personaje era recordado para siempre.

¿Quieres saber adónde puedes viajar en la casa del árbol?

La casa del árbol #1
Dinosaurios al atardecer
Annie y Jack descubren una casa en un árbol
y al entrar, viajan a la época de los dinosaurios.

La casa del árbol #2
El caballero del alba
Annie y Jack viajan a la época de
los caballeros medievales y exploran
un castillo con un pasadizo secreto.

La casa del árbol #3
Una momia al amanecer
Annie y Jack viajan al antiguo Egipto y se
pierden dentro de una pirámide al tratar de
ayudar al fantasma de una reina.

La casa del árbol #4
Piratas después del mediodía
Annie y Jack viajan al pasado y se
encuentran con un grupo de piratas
muy hostiles que buscan un
tesoro enterrado.

La casa del árbol #9
Delfines al amanecer

Annie y Jack llegan a un arrecife de coral donde
encuentran un pequeño submarino que los llevará
a las profundidades del océano: el hogar de los
tiburones y los delfines.

La casa del árbol #10
Atardecer en el pueblo fantasma

Annie y Jack viajan al salvaje Oeste, donde deben
enfrentarse con ladrones de caballos, se hacen
amigos de un vaquero y reciben la ayuda de
un fantasma solitario.

La casa del árbol #11
Leones a la hora del almuerzo

Annie y Jack viajan a las planicies africanas. Allí
ayudan a los animales a cruzar un río torrencial y
van de "picnic" con un guerrero masai.

La casa del árbol #12
Osos polares después de la medianoche

Annie y Jack viajan al Ártico, donde reciben ayuda
de un cazador de focas, juegan con osos polares
recién nacidos y quedan atrapados sobre una
delgada capa de hielo.

La casa del árbol #13
Vacaciones al pie de un volcán
Annie y Jack llegan a la ciudad de Pompeya, en la época de los romanos, el mismo día en que el volcán Vesubio entra en erupción.

La casa del árbol #14
El día del Rey Dragón
Annie y Jack viajan a la antigua China, donde se enfrentan a un emperador que quema libros.

La casa del árbol #15
Barcos vikingos al amanecer
Annie y Jack visitan un monasterio de la Irlanda medieval el día en que los monjes sufren un ataque vikingo.